Les chroniques de Ji...
directement de l'école secondaire Malpartie

mon JOURNAL FULL NUL

LES ADULTES?
UNE CAUSE PERDUE!

Le journal de Jasmine Kelly

Texte français de Marie-Josée Brière

Éditions
■SCHOLASTIC

Catalogage avant publication de Bibliothèque et Archives Canada

Benton, Jim

Les adultes? une cause perdue! / texte et illustrations de Jim Benton;
texte français de Marie-Josée Brière.

(Mon journal full nul)
Traduction de : Can adults become human?
Pour les 9-12 ans.
ISBN-13 : 978-0-439-94259-1
ISBN-10 : 0-439-94259-4

I. Brière, Marie-Josée II. Titre.
III. Collection : Benton, Jim. Mon journal full nul.

PZ23.B458 Le 2007   j813'.6   C2006-905645-5

Édition publiée par les Éditions Scholastic,
604, rue King Ouest, Toronto (Ontario) M5V 1E1.

7 6 5 4 3   Imprimé au Canada 116   10 11 12 13 14

LES ADULTES?
UNE CAUSE PERDUE!

Tu penses pouvoir supporter un autre épisode du journal de Jasmine Kelly?

*Pour les secrétaires,
qui sont pour la plupart
très gentilles... vraiment!*

Merci à Mary K., Summer et Griffin,
qui m'aident plus qu'on
ne saurait l'imaginer.

Merci à Maria Barbo, qui a travaillé
à distance, et à Shannon Penney,
qui a travaillé à proximité.

Merci aussi à Steve Scott,
Susan Jeffers Casel et Craig Walker.

Et surtout, merci aux lecteurs
et lectrices du JFN.

CE JOURNAL APPARTIENT À

Jasmine Kelly

ÉCOLE : École secondaire Malpartie

CASIER : 101

PROF PRÉFÉRÉE : Mlle Angrignon

ANIMAUX PRÉFÉRÉS : Les koalas.
Et les chiens.
Mais pas ceux qui puent.

BONBONS LES PLUS DÉTESTÉS
DE TOUS LES TEMPS :
Les bonbons durs au caramel

UN ÊTRE HUMAIN
RESPECTUEUX
NE LIRAIT JAMAIS
LE JOURNAL INTIME
DE QUELQU'UN
D'AUTRE.

Seule une bête abjecte pourrait faire une chose pareille.

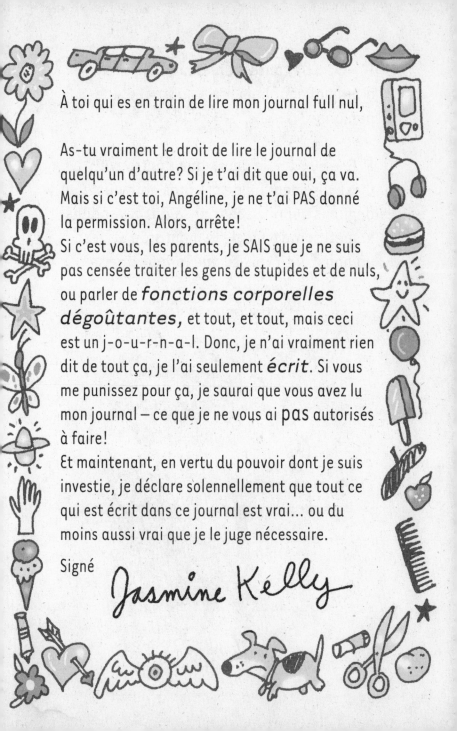

À toi qui es en train de lire mon journal full nul,

As-tu vraiment le droit de lire le journal de quelqu'un d'autre? Si je t'ai dit que oui, ça va. Mais si c'est toi, Angéline, je ne t'ai PAS donné la permission. Alors, arrête!

Si c'est vous, les parents, je SAIS que je ne suis pas censée traiter les gens de stupides et de nuls, ou parler de *fonctions corporelles dégoûtantes,* et tout, et tout, mais ceci est un j-o-u-r-n-a-l. Donc, je n'ai vraiment rien dit de tout ça, je l'ai seulement *écrit*. Si vous me punissez pour ça, je saurai que vous avez lu mon journal — ce que je ne vous ai pas autorisés à faire!

Et maintenant, en vertu du pouvoir dont je suis investie, je déclare solennellement que tout ce qui est écrit dans ce journal est vrai... ou du moins aussi vrai que je le juge nécessaire.

Signé

Jasmine Kelly

P.-S. : De toute manière, quelle sorte d'animal peut bien lire le journal d'une personne?

P.P.-S. : Oh, je pense que j'ai trouvé! C'est sûrement un de ces gros animaux dégueus qui finissent par se retrouver dans un petit pain avec de la moutarde et des oignons. Si tu vois ce que je veux dire...

Tu donnes ta langue au chat? Je pense qu'il n'en veut pas...

Lundi 2

Cher journal full nul,

UN PROF, ÇA NE PÈTE PAS...

Je passe plus ou moins **sept heures** par jour, **huit mois** par an, avec des profs. Si ça leur arrivait, je le saurais. Les mères pètent. Les pères aussi. Et les beagles (c'est même tellement horrible, parfois, que j'en ai les yeux qui brûlent et les poumons qui voudraient me sortir par la bouche).

Même *moi*, je pète. Une fois, ça a duré tellement longtemps que, vers le milieu de mon pet, je me suis rappelé le moment où il avait commencé.

En tous cas, je pensais aux profs et à leurs gaz intestinaux à l'école, aujourd'hui, et ça m'a peut-être empêchée d'apprendre quoi que ce soit. À mon avis, les profs devraient faire un peu plus d'efforts. (Pour m'apprendre des choses, je veux dire, et non pas pour faire du vent.)

SILENCIEUX, MAIS DANGEREUX

Mais, sérieusement, je peux difficilement blâmer les profs. C'est probablement très difficile de se tenir là, devant des êtres humains normaux, et d'essayer de les convaincre que l'équateur est un sujet intéressant, ou que les habitants de l'Oueskecékistan portent des vêtements magnifiques. (En observant les coutumes vestimentaires dans les autres pays, on a parfois l'impression que les gens se sont mis les uns les autres au défi de porter certaines choses en public.)

Heureusement, il y a une prof que je trouve toujours passionnante : c'est Mlle Angrignon, la prof d'arts. C'est comme une meilleure amie, mais dans la catégorie « profs ». Elle est assez belle pour être serveuse, et elle remarque les choses importantes, par exemple quand je crée mes propres mélanges de brillants. (J'utilise en ce moment un mélange secret d'or, de rouge et de magenta. C'est tout simplement magnifique!)

Les cours d'arts seraient parfaits si cette Angéline (Mlle Blondinette Blondasse) n'y était pas. Angéline n'est pas une artiste et, quand elle se tient à côté de quelque chose, elle a le chic pour que cette chose enlaidisse par comparaison. Ce qui — à bien y penser — est une forme de vandalisme pour lequel notre système judiciaire n'a malheureusement pas encore prévu de peine.

Tu vois? À côté d'elle, la Joconde a l'air d'une petite vieille bizarre qui a perdu ses sourcils.

Oh, à part ça, ma mère m'a ENFIN acheté les souliers que je voulais. Mon père, puisque c'est un gars, a deux paires de souliers seulement, alors il ne peut pas bien comprendre à quel point on peut avoir besoin d'une paire de souliers dont on n'a absolument pas besoin.

Ma mère, elle, est le plus souvent complètement sourde à mes supplications, mais comme c'est une fille — ou, du moins, comme c'était une fille à une certaine époque —, elle a beaucoup trop de souliers et comprend donc très bien les autres femmes qui veulent en avoir trop, elles aussi.

En tout cas, ils me donnent l'air d'avoir au moins 20 ans.

L'ÉNORME ASSORTIMENT DE CHAUSSURES DE MON PÈRE

1. La paire qu'il porte tous les jours au travail

2. La paire qu'il porterait pour enterrer du fumier fumant sous la pluie.

Mardi 3

Cher nul,

Mon prof d'études sociales, M. VanDoy, ne sourit jamais. Je sais que c'est difficile à croire, parce que tout le monde sourit de temps en temps, non?

Isabelle sourit quand ses frères sont dans le pétrin. Angéline sourit quand elle se trouve beaucoup plus jolie qu'une chute d'eau ou une licorne, par exemple. Et moi, je souris quand j'imagine la licorne en train de donner un coup de pied à Angéline pour l'envoyer dans la chute. Mais M. VanDoy ne sourit jamais. Je me demande si on peut perdre son sens de l'humour en devenant adulte, un peu comme on perd ses dents ou son sens de la mode.

En cours d'études sociales, on étudie la vie sociale des animaux, en ce moment, ce qui veut dire qu'on apprend comment les fourmis, les chimpanzés et les oiseaux vivent ensemble et réussissent à se tolérer. (Personnellement, je déteste tellement les fourmis que, même si j'en étais une, je pense que je ne pourrais pas résister à l'envie de me piétiner.)

BAM BAM
BIM BAM

Isabelle dit qu'on pourrait bien faire nos devoirs simplement en regardant les documentaires éducatifs à la télé. Moi, j'ai plutôt l'impression, chaque fois que j'essaie, qu'on nous montre toujours la même scène (celle du guépard qui court après la mignonne petite antilope) et jamais les trucs qui nous seraient utiles pour l'école.

Isabelle dit aussi que, si elle était une mignonne petite antilope et qu'elle voyait le guépard s'approcher, elle n'aurait qu'à donner un coup de pied à une autre mignonne petite antilope pour l'empêcher de s'enfuir, et qu'alors, le guépard attraperait cette antilope-*là* plutôt qu'elle.

Brillant, hein? Sauf que je suis à peu près sûre que, si Isabelle avait été une mignonne petite antilope, toutes les mignonnes petites antilopes d'Afrique auraient appris à chasser et qu'elles mangeraient des guépards. Et aussi des éléphants et des humains. Je suis profondément convaincue qu'on ne remercie pas le ciel assez souvent de ce qu'Isabelle ne soit pas une mignonne petite antilope.

En parlant d'Isabelle, j'ai remarqué qu'elle avait remarqué mes nouveaux souliers, et je suis sûre d'avoir remarqué qu'elle avait remarqué qu'ils me donnaient l'air d'avoir au moins 20 ans, mais j'ai aussi remarqué qu'elle essayait de ne pas se faire remarquer quand elle les a remarqués, alors j'ai été polie et j'ai déremarqué qu'elle les avait remarqués, parce que c'est mon amie.

J'ai remarqué

J'ai remarqué – J'ai remarqué – J'ai remarqué

Moi, en train de faire semblant de lire un magazine pour montrer que je ne l'ai pas remarquée

BLA BLA

Cher nul, est-ce que je t'ai déjà raconté comment on était devenues amies, Isabelle et moi? Ça a été instantané. Comme **un coup de foudre entre amies**. On était en deuxième année. Le premier jour d'école, notre enseignante, Mme Boulanger, a demandé à tous les élèves de se lever et de se nommer. Isabelle s'est levée et a dit : « Je m'appelle Isabelle Labelle », et Louis Carillon s'est mis à ricaner.

Il a fallu trois profs et la moitié de la classe pour faire lâcher prise à Isabelle. Louis faisait de la musique comme un petit xylophone grassouillet. (Il en sortait même des sons plus aigus quand elle le frappait à certains endroits!)

La violence n'est jamais une réponse acceptable, bien sûr, sauf si c'est à Isabelle qu'on pose la question. Mais j'ai admiré son geste parce qu'elle me faisait penser à un dangereux piège à souris dans lequel il ne fallait surtout pas mettre les doigts. Je le lui ai dit, et elle a apprécié la comparaison.

On est devenues amies instantanément, et on est amies encore aujourd'hui — même s'il y a des jours, parfois, où Isabelle ressemble moins à un piège à souris qu'à une bombe atomique à laquelle il ne faut surtout pas toucher...

Mercredi 4

Cher journal,

Aujourd'hui, pendant le cours d'arts, Mlle Angrignon nous a demandé des suggestions pour notre prochain travail. J'ai dit qu'on pourrait faire notre autoportrait avec beaucoup de bijoux et de brillants. Angéline a proposé qu'on fasse des collages (*beurk!*). Et Isabelle a suggéré qu'on décore un cadenas qu'on pourrait mettre sur la porte de notre chambre pour empêcher nos frères de fouiller dans nos affaires.

Mlle Angrignon a pourtant un excellent jugement, d'habitude, mais cette fois-ci, elle a retenu l'idée d'Angéline au sujet des collages. Je soupçonne que c'est parce qu'il existe quelque part une loi qui l'oblige à prévoir, chaque année, un certain nombre de projets pour les **Handicapés Artistiques**. Puisque tout le monde n'a pas nécessairement ce qu'il faut pour devenir un artiste de premier plan (comme je pourrais très bien le devenir si je décide de ne pas être une scientifique qui gagne aussi beaucoup d'argent en dansant à la télé), les profs d'arts doivent prévoir, de temps en temps, des projets à la portée des jeunes qui sont nés avec des

ma blanche main   une main pleine d'orteils

orteils à la place des doigts. Des collages, par exemple. Un collage, c'est quand on découpe des choses dans un magazine et qu'on les colle sur une feuille de papier. Ce n'est pas terriblement difficile à faire...

Un jour, pendant une excursion dans un zoo pour enfants, j'ai vu une chèvre qui avait mangé un journal et de la barbe à papa, et qui avait fait ses propres petits collages partout dans l'enclos. C'était vraiment un travail formidable pour une chèvre.

J'en aurais bien rapporté un à la maison, mais la prof m'a vue en train de mettre un « chèvre-d'œuvre » dans ma boîte à lunch.

Moi, en train de ramasser un chèvre-d'œuvre avec un bâton

Cette idée de collages ne serait peut-être pas si mal si Mlle Angrignon était abonnée à *plusieurs* magazines différents, mais la plupart des vieux numéros qu'elle a apportés en classe portent des titres comme « FAIRE DE PETITS REPAS POUR UNE SEULE PERSONNE, CE N'EST PAS NÉCESSAIREMENT TRISTE » ou « HÉ! IL VAUT PEUT-ÊTRE MIEUX AVOIR UN CHIEN QU'UN MARI ».

Elle a aussi beaucoup de magazines pleins de mariées, mais quelqu'un leur a noirci les dents ou leur a tracé des flèches à travers la tête pour la plupart, ce qui rend les photos inutilisables, à moins de faire un collage sur un gars qui habite près d'une église et qui aime beaucoup le tir à l'arc, mais qui vise comme un pied.

D'après Isabelle, tous ces magazines veulent dire que Mlle Angrignon se cherche désespérément un mari, ce qui est bizarre parce qu'elle est encore plus belle que Mme LaBeau qui habite au bout de la rue et qui a déjà eu cinq ou six maris. Ça veut dire aussi que Mlle Angrignon doit faire quelque chose de tellement HORRIBLE que ça annule les avantages que lui procure sa BEAUTÉ. Heureusement qu'Isabelle a réfléchi à tout ça.

Isabelle dit que Mlle Angrignon est assez belle pour manger de la salade au déjeuner, par exemple, mais pas assez pour se brosser les dents avec du ketchup. Angéline, elle, est assez belle pour se brosser les dents avec de la moutarde, mais pas assez pour mettre le feu à MarinaMonde.

Isabelle dit aussi qu'elle est elle-même assez jolie pour mettre de la mayonnaise sur son maïs soufflé, mais pas assez pour mettre le feu à MarinaMonde, à moins d'avoir l'aide d'Angéline et de Mlle Angrignon. Et que *moi*, je suis assez jolie pour être une pensionnaire de MarinaMonde. (Je la soupçonne d'être jalouse de mes souliers. Je te jure, ils me donnent l'air d'avoir au moins 20 ans!)

Elle me voit sûrement très bien en lamantin.

À une certaine époque, je n'aurais pas su comment réagir à une remarque comme celle-là de la part d'Isabelle, mais comme je suis son amie depuis tellement longtemps, je savais parfaitement ce que j'avais à faire...

Après ça, Isabelle a passé la majeure partie de son après-midi à essayer d'enlever la photo de mariée édentée, la tête transpercée d'une flèche, que je lui avais collée dans les cheveux. J'imagine qu'on est quittes...

Je ne sais pas comment elle a réussi à s'en débarrasser, mais comme je connais Isabelle, elle n'était sûrement pas à court de solutions.

Jeudi 5

Cher toi,

Bon. Finalement, on n'est jamais quittes avec Isabelle. J'avais oublié la fois où un de ses méchants grands frères avait mangé une tablette de chocolat qu'elle gardait précieusement. Elle s'était glissée dans la chambre de son frère pendant la nuit, elle lui avait tranquillement mis un verre de terre dans la bouche pendant qu'il dormait et elle lui avait refermé la bouche avec du papier collant. Tu peux imaginer la panique de son frère! Maintenant, il a mal au cœur chaque fois qu'il voit du chocolat... C'est ÇA qu'Isabelle veut dire par « *On est quittes* »!

Évidemment, la VENGEANCE DU VER DE TERRE résultait d'une histoire de chocolat — et Isabelle a un énorme problème de chocolatomanie —, mais elle est tout à fait capable de « **rendre la monnaie** », comme elle dit, même quand il ne s'agit pas de chocolat.

Alors, ce matin, dès le début des cours, elle m'a « **rendu la monnaie** », et j'ai été convoquée au bureau.

Mais il faut faire attention de ne pas blâmer n'importe qui, dans toute cette affaire. Oui, Isabelle m'a dénoncée pour lui avoir collé quelque chose sur la tête, mais l'histoire des collages, c'était une idée d'Angéline. Alors, la vraie coupable, c'est elle.

Je suis sûre qu'il y a des écoles où les secrétaires sont gentilles et ne sentent pas le café bon marché et les bonbons au caramel. En fait, je ne serais pas surprise d'apprendre que c'est comme ça dans TOUTES les autres écoles. Mais pas ici.

Pour être juste, je dois dire que les secrétaires ne sont pas les seules. Il y a beaucoup d'adultes qui ont besoin de boire du café toute la journée pour rester éveillés et avoir mauvaise haleine.

Mais les bonbons, ça, c'est une autre histoire. Nos secrétaires ADORENT être méchantes, surtout avec moi, et je suis sûre que c'est la faute de leur énorme bol de bonbons au caramel. Un énorme bol de chocolats n'aurait jamais cet effet-là. Et je vais te dire pourquoi. Chaque fois qu'elles regardent le bol, nos sinistres secrétaires se disent : « On aurait pu en acheter des bons. On déteste ces bonbons durs au caramel. Les bonbons au caramel ne servent à rien. Je pense qu'on devrait se venger sur le prochain élève qui va entrer ici. »

Et c'est généralement moi.

Je me demande s'il y a un chaudron de sorcière au bureau, dans toutes les écoles.

Isabelle m'a dénoncée à M. Devos, le directeur adjoint, qui porte toujours une cravate, mais qui est gentil quand même. Il a dit que je ne devais pas coller des choses dans les cheveux des autres, et **blabla**, que je devais être gentille, et **blabla**, et dans quel genre de monde vivrions-nous si **blablabla**.

Juste comme il s'apprêtait à m'annoncer quelle serait ma punition, je lui ai demandé ce qu'il avait fait de ses lunettes (avant, il portait d'ÉNORMES lunettes avec lesquelles il pouvait probablement distinguer jusqu'aux molécules). Il m'a dit que sa nièce l'avait convaincu de se faire opérer et qu'il n'en avait plus besoin. J'ai dû admettre que c'était une assez bonne idée parce que, sans ses lunettes, il était presque beau pour un vieux. **(Il doit avoir au moins 40 ans!)** Je ne suis pas vraiment une experte de la nouvelle théorie d'Isabelle sur les **privilèges que confère la beauté**; je suppose qu'il n'est pas encore assez beau pour mettre le feu à MarinaMonde. Mais il l'est probablement assez pour marcher sur un poisson, par exemple.)

M. Devos m'a tendu ses anciennes lunettes et m'a demandé si je voulais les essayer. Ce que j'ai fait, mais une des sinistres secrétaires est entrée dans son bureau juste à ce moment-là. Quand je me suis retournée, j'ai vu sa **Laideur Pure** grossie un million de milliards de fois, et j'ai un peu hurlé.

La **Laideur Pure** n'est pas faite pour être grossie autant de fois.

J'imagine que mon hurlement a fait sursauter la secrétaire, qui a reculé dans un comptoir et renversé le gros bol de bonbons au caramel. Ce n'était déjà pas si mal, mais ça s'est encore amélioré, tu vas voir : quand elle a marché sur un de ces petits bonbons avec ses gros souliers de vieille bonne femme, elle a levé les deux pieds et sa hanche a émis un horrible craquement, assez fort pour qu'on puisse l'entendre à travers mon rire.

Quelqu'un a appelé le 911, et le directeur adjoint m'a renvoyée en classe. Et dire que j'ai déjà cru que les bonbons au caramel ne servaient à rien...

CRAC!

Vendredi 6

Cher nul,

Isabelle s'est excusée de m'avoir dénoncée. Et moi, je me suis excusée de lui avoir collé une photo dans les cheveux. Les excuses d'Isabelle ressemblaient à ceci : « C'est ta faute, Jasmine. Tu sais de quoi je suis capable quand je décide de me venger. »

Hum... Pas exactement le genre de choses qu'on lit dans les cartes de souhaits, je suppose. Mais c'est Isabelle, et c'est comme ça qu'elle est. Un jour, je vais trouver ma propre façon d'être, moi aussi.

La mère d'Isabelle

Et puis, sa mère vient de commencer un nouveau régime, ce qui veut dire que toute la famille d'Isabelle doit se mettre au régime parce que, quand sa mère a l'estomac vide, personne d'autre ne peut avoir l'estomac plein. Et quand Isabelle diminue d'un seul coup sa consommation de sucre, elle perd un peu de sa gentillesse coutumière.

Tout le monde m'a félicitée d'avoir attaqué la sinistre secrétaire. Bien sûr, je ne l'ai pas vraiment attaquée. Je n'attaquerais jamais personne. Sauf peut-être une blonde. Qui s'appellerait Angéline.

Mais quand une histoire circule dans une école secondaire, elle grossit chaque fois que quelqu'un la raconte. C'est comme le jour où il y a eu une rumeur selon laquelle Angéline était la plus belle fille de la province, ce qui était totalement faux parce qu'une fille plus belle aurait très bien pu être en train de survoler la province en avion et que, quand on passe *au-dessus* d'une province, c'est comme si on était *dans* cette province, ce qui fait qu'Angéline n'aurait pas nécessairement été la plus belle. Pour quelques heures, en tout cas.

Je me sentais un peu mal à l'aise d'avoir causé la blessure de la **sinistre secrétaire**, alors je suis passée au bureau et j'ai demandé à M. Devos comment elle allait. Il a dit qu'elle s'était fracturé la hanche et qu'elle allait prendre sa retraite. J'imagine que les secrétaires accordent beaucoup d'importance à leurs hanches puisqu'on dirait bien qu'elles font un concours pour savoir laquelle a la plus grosse paire.

Chaise de bureau conçue exprès pour nos secrétaires

Les bonbons au caramel étaient partis, et M. Devos ne m'a pas punie pour avoir collé une photo dans les cheveux d'Isabelle. Alors, je suppose que je suis assez jolie pour fracturer la hanche d'une sinistre secrétaire si j'ai l'aide d'un directeur adjoint relativement beau et de la plus belle fille de la province. (N'oublions pas que c'est d'abord et avant tout à cause de l'idée de collages d'Angéline que je suis allée au bureau...)

Et Angéline, dont la vie est **un interminable tourbillon de défilés de mode,** a trouvé le temps de me dire : « Bravo pour ce que tu as fait à la secrétaire, Jasmine! Tu n'aurais pas pu choisir un meilleur moment. Espérons que sa remplaçante sera jolie. »

Quand j'y repense, c'est un peu bizarre, non? Qu'est-ce que ça peut bien lui faire, à Angéline?

À moins qu'elle ne planifie — comme je l'ai toujours soupçonnée — de se débarrasser de nous, chacun à notre tour, et de nous remplacer par des versions un peu plus agréables de nous-mêmes. Et maintenant, elle a fait de moi la complice de son plan machiavélique.

MOI DE REMPLACEMENT

ELLE VA PROBABLEMENT PRENDRE MES SOULIERS!

C'est ça, l'affaire, avec Angéline. Je sais qu'elle ne devrait pas me déranger tant que ça. Elle a même déjà été gentille avec moi, quoique j'aie fini par penser que c'était purement accidentel.

C'est simplement que les gens parfaits ont quelque chose qui m'agace terriblement. Quand elle est gentille, ça me rend folle. Et quand elle est jolie, ça me rend malade. C'est toujours pareil. Je suppose que la seule bonne chose, avec Angéline, c'est qu'elle ne pourra jamais m'agacer plus qu'elle le fait maintenant. Les gens parfaits me rendent parfaitement malades. Je suis comme ça, que veux-tu?

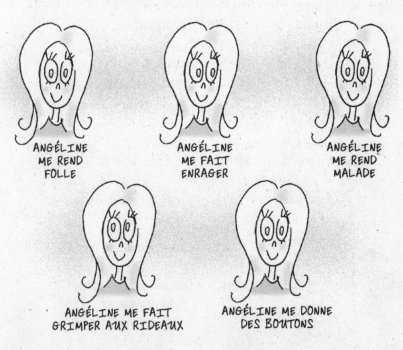

ANGÉLINE ME REND FOLLE

ANGÉLINE ME FAIT ENRAGER

ANGÉLINE ME REND MALADE

ANGÉLINE ME FAIT GRIMPER AUX RIDEAUX

ANGÉLINE ME DONNE DES BOUTONS

Tante Carole a téléphoné pendant qu'on était à table, ce qui a d'abord fait râler ma mère parce qu'elle avait passé son après-midi à gâcher le souper. Mais elles ont bavardé quelques minutes, et ma mère est devenue tout excitée parce que tante Carole va venir chez nous quelque temps. Elle a l'intention de s'installer dans la région.

Ma mère l'a à peine remarqué quand mon père et moi, on a soigneusement enveloppé nos restes dans des serviettes de papier artistiquement drapées et qu'on a jeté tout ça dans la poubelle en lui passant nos assiettes sous le nez. (À cause de la cuisine de ma mère, le **drapé-artistique-de-serviettes** est un outil de survie essentiel chez nous.)

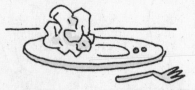

La « rose épanouie », utile pour cacher dedans une bouchée de poison mortel

La « tente », bonne pour dissimuler des objets dégueus plus massifs

Le « bandito », parfait pour ne pas être identifié quand on veut sortir de table discrètement

Tante Carole, c'est la plus jeune sœur de ma mère. Alors, quand je la regarde, je peux assez facilement imaginer comment était ma mère avant d'attraper la **mèreté**. (La mèrerie? Ou le mérisme? En tout cas, ça ne se guérit pas.)

Tante Carole est célibataire, alors elle s'habille à peu près comme mes vieilles Barbies, sauf qu'elle ne passe pas autant de temps sur la pointe des pieds.

J'aime ma mère, bien sûr, et si elle ressemblait un tout petit peu à ma tante, je l'aurais probablement appréciée avant qu'elle devienne adulte, mais comme tu le sais, cher nul, les adultes sont des gens très difficiles à apprécier, sauf ceux qui font du spectacle — à l'exception des clowns, qui sont peut-être les plus inappréciables de tous.

CERTAINS DES PIRES TYPES D'ADULTES

VIEUX GRINCHEUX BÊTE ET MÉCHANT

DAME QUI SE CROIT MEILLEURE QUE TOUT LE MONDE

CLOWN EN COSTUME SALE

AMI DU CLOWN, QUI EST AUSSI UN CLOWN

Samedi 7

Cher toi,

Isabelle est venue chez moi aujourd'hui. On avait un petit mini-projet à faire pour le cours d'études sociales. Notre prof, M. VanDoy (celui qui ne sourit jamais) nous avait demandé d'essayer de trouver des comportements sociaux semblables chez les humains et les animaux.

Isabelle ne se porte généralement pas volontaire pour gaspiller un samedi à venir faire ses devoirs chez nous, mais il n'y a toujours pas de friandises chez elle, alors qu'on a en permanence d'assez bonnes provisions de cochonneries.

La semaine dernière, M. VanDoy nous a montré une vidéo sur les chimpanzés et nous a parlé de leurs façons complexes de communiquer, mais après avoir vu un documentaire sur une bande de singes à la télé, je suis convaincue que la seule chose qu'ils se disent, c'est : « Hé! qu'est-ce que t'as au derrière? As-tu reculé dans un ventilateur, ou quoi? T'es-tu assis sur le poêle? As-tu été obligé d'aller à l'hôpital? Il est bizarre, ton derrière. »

Une fois qu'on a commencé à parler de ça, je me suis rendu compte que les adultes agissaient souvent comme des animaux, en effet.

Mon père, par exemple, va au bureau tous les jours. C'est comme une ruche où les petites abeilles adultes courent partout, où elles fabriquent du miel et où elles doivent faire ce que la reine abeille leur dit de faire, sauf que, dans le cas de mon père, la reine abeille est un homme — et qu'ils ne font pas du miel, mais de la comptabilité.

Ma mère, elle, est un peu comme une lionne qui parcourt la savane à la recherche d'un zèbre qui cuit au micro-ondes parce que son instinct lui dit qu'un vrai zèbre, c'est trop long à préparer.

Quant à Isabelle...

C'est alors qu'on a eu une illumination. On trouvait facilement, chez les adultes, des comportements semblables à ceux des animaux, mais on n'arrivait pas à en trouver chez les *jeunes* comme nous.

Isabelle dit que, d'après les scientifiques, les adultes ne sont peut-être pas des êtres humains du tout. Et plus on en discutait, plus on était convaincues qu'elle avait raison.

Ils sont gros et affreusement poilus.

Quand ils chantent leurs chansons préférées, ça ressemble souvent à un cochon qui se fait traîner par la queue.

Ils sont capables de faire des activités totalement inutiles pendant des heures.

Quand ils font de l'exercice, ils prennent souvent une intéressante odeur de chameau.

Ils sont parfaitement incapables de ésister à l'envie d'embrasser les enfants.

Dimanche 8

Cher journal,

YOUPIII! Tante Carole est arrivée aujourd'hui. Ça a complètement bousillé le dimanche de mon père parce qu'il a toujours une foule de choses à faire le dimanche, comme mettre ses plus vieilles guenilles et faire un travail à moitié dans la maison.

Mais il réussit toujours à se rendre présentable quand la famille de maman vient nous voir... même si on a souvent l'impression que ça pique quelque part.

MON PÈRE EN TRAIN D'ESSAYER D'OUBLIER QU'IL SERAIT BEAUCOUP MIEUX EN PANTALON DE JOGGING

En théorie, tante Carole est une adulte, ce qui devrait normalement poser un gros problème parce que les conversations avec les adultes de la famille ressemblent généralement à ceci :

ADULTE : Alors, comment ça va à l'école?

MOI : Bien.

ADULTE : Et au soccer?

MOI : Bien. (Si je lui explique que je n'ai jamais joué au soccer de ma vie, ça va tout simplement déclencher d'autres questions.)

ADULTE : Alors, qu'est-ce que tu penses de toute cette pluie?

MOI : Rien.

Mais, avec tante Carole, c'est un peu plus amusant :

TANTE CAROLE : Alors, comment ça va à l'école?

MOI : Bien.

TANTE CAROLE : Est-ce qu'il y a des élèves vraiment stupides?

MA MÈRE : Voyons, Carole!

MOI : Angéline est stupide.

MA MÈRE : Jasmine!

TANTE CAROLE : Savais-tu que ta mère avait déjà mouillé sa culotte à l'école?

MA MÈRE : Ne fais pas attention, Jasmine. Elle vient de prendre son médicament pour ses allergies et elle ne sait pas ce qu'elle dit (après quoi, rouge de colère, elle murmure quelque chose dans l'oreille de ma tante).

TANTE CAROLE : Bon, bon! Je me tais. Euh, Jasmine, euh... Qu'est-ce que tu penses de toute cette pluie?
MOI : Rien.
TANTE CAROLE : Je parie que ta mère déteste ça. Ça pourrait mouiller son pantalon.

C'est toujours à ce moment-là que ma mère lance quelque chose à tante Carole, et ça met fin à la conversation. C'est très difficile de ne pas apprécier quelqu'un qui réussit à faire lancer des coussins à ma mère.

C'est parce que ce sont des sœurs. Ma mère dit qu'il n'y a personne, nulle part, qui peut faire grimper aux rideaux autant que les membres de la famille. Ni une amie, ni une ennemie. PERSONNE.

C'est comme mon seul petit cousin, celui qui est toujours tout barbouillé et qui est allergique aux fraises. Il est non seulement d'une saleté indescriptible, il est stupide, en plus. Il me rend folle, mais au moins il est utile pendant les fêtes de famille parce que, quand je suis à côté de lui, j'ai l'air toute propre et mignonne et brillante par comparaison — je suis toujours propre et mignonne et brillante, c'est certain, mais grâce à lui, j'ai l'air encore plus propre et mignonne et brillante.

Je pense qu'Isabelle pourrait parler, elle aussi, de ce problème-là, avec les membres de la famille, tout comme son méchant frère **Gobe-Ver**.

Lundi 9

Cher full nul,

Est-ce qu'on peut vraiment *redénoncer* quelqu'un? Vois-tu, Isabelle savait que M. Devos avait oublié de me punir pour lui avoir collé une photo sur la tête, alors elle lui a **remis une note** pour lui rafraîchir la mémoire. Elle m'a REDÉNONCÉE! Ce n'est pas possible!

Je n'étais vraiment pas de bonne humeur quand j'ai été convoquée au bureau *encore une fois* pour subir un sermon sur le fait que c'est dangereux de coller des choses sur les gens et que le ciment qui tient la société ensemble, c'est qu'on ne colle pas des choses sur les gens, ou sur je ne sais trop quoi... enfin, ce que le directeur adjoint allait me dire cette fois-là. (C'est encore à cause de mes souliers, hein, Isabelle? C'est vrai que j'ai l'air d'avoir au moins 20 ans...)

Il nous manque une sinistre secrétaire maintenant, bien sûr, et les autres **sinistres secrétaires** devaient être en train de magasiner pour se trouver un nouveau chaudron, ou quelque chose de ce genre, alors je suis entrée directement dans le bureau de M. Devos, le directeur adjoint, et j'ai vu l'arrière glorieusement parfait de la tête blonde d'Angéline. Je ne pouvais pas me tromper; personne d'autre n'a une tête blonde aussi glorieusement parfaite! Je me suis mise à imaginer avec délices toutes les terribles punitions qu'Angéline était sûrement en train de recevoir...

OPÉRATION CHIRURGICALE POUR GARDER SES GRANDS YEUX BLEUS TOUJOURS OUVERTS

REMPLACEMENT DE SA GLORIEUSE CHEVELURE D'OR ET DE SOIE PAR UNE TOUFFE DE POILS RUDES PROVENANT DU DERRIÈRE D'UN PHACOCHÈRE

INTERDICTION DE CONTINUER À PORTER LE JOLI NOM D'ANGÉLINE - SON NOM LÉGAL ET OFFICIEL EST MAINTENANT « CHANCRE » OU « TACHE »

TARTE AUX VERRUES

Mais tout à coup, elle s'est tournée vers moi et portait les anciennes lunettes du directeur adjoint, M. Devos. Les lunettes grossissaient la **Beauté Pure** de ses yeux (de la couleur exacte des Popsicles bleus) à peu près un million de milliards de fois, et j'ai un peu hurlé parce que la **Beauté Pure**, ce n'est pas fait non plus pour être grossi autant de fois.

Mon hurlement l'a fait hurler à son tour, et j'ai reculé jusqu'au comptoir, celui-là même qui avait été fatal à la sinistre secrétaire l'autre jour. Comme j'ai appris le ballet — toute seule, mais quand même… —, j'aurais pu reprendre mon équilibre facilement, sauf que les semelles de mes nouveaux souliers sont un peu glissantes, alors je suis tombée et me suis tapé la tête sur le comptoir.

La première chose que j'ai réalisée, c'est que quelqu'un me mettait un **Petit Machin Froid** sur la tête. Le **Petit Machin Froid** est la forme la plus extrême de traitement médical qu'on puisse recevoir à l'école — c'est pratiquement l'équivalent scolaire d'une transplantation cardiaque —, alors j'imagine que j'ai dû me fracasser le crâne presque assez fort pour le faire éclater.

Le directeur adjoint a appelé ma mère pour qu'elle vienne me chercher, mais c'est tante Carole qui est venue à sa place. Je dois dire, cher full nul, que le directeur adjoint et tante Carole ne se sont pas du tout mis à pleurer et à se tordre les mains de douleur comme j'aurais cru qu'ils le feraient en sachant que j'étais à moitié morte. En fait, ils avaient presque l'air – tu ne me croiras jamais...– *de bavarder comme de vieux amis!*

Aïe! Ouille! URGENCE! Faut que je m'arrête. Sac-à-puces a mangé quelque chose que ma mère a fait cuire hier et, crois-le ou non, la cuisine de ma mère sent encore plus mauvais une fois qu'elle a traversé le système digestif antique d'un vieux beagle obèse. Faut... que... j'me... rende... à la porte... Mes... yeux... brûlent...

Mardi 10

Cher journal,

J'ai dû dormir sur le divan la nuit dernière parce que Sac-à-puces avait commis son **crime de lèse-odorat** dans ma chambre. Normalement, ma mère m'aurait obligée à coucher là quand même, mais je lui ai fait remarquer que la combinaison de **vapeurs de beagle** avec ma blessure à la tête pourrait m'être fatale. Je lui ai raconté l'histoire d'une fille, dans une autre école, qui était allée camper et qui avait dû passer toute une nuit avec un caniche de 11 ans qui avait mangé quatre burritos. Quand ils l'ont trouvée le lendemain matin, elle n'était plus qu'un petit tas de cendres. J'ai peut-être inventé certains détails de l'histoire, mais en tout cas, ma mère m'a laissée dormir sur le divan et, comme j'étais en bas, j'ai entendu tante Carole entrer un peu avant minuit et parler à ma mère dans la cuisine pendant que je faisais semblant de dormir – je suis experte en la matière.

Faire semblant de dormir, c'est pour ainsi dire le meilleur moyen d'écouter les conversations, pourvu qu'on le fasse comme il faut. Il ne faut pas fermer les yeux trop fort, ni ronfler à tue-tête comme dans les dessins animés.

Je ne les entendais pas très bien, mais j'ai tout compris ce matin quand tante Carole m'a conduite à l'école... et qu'elle a GARÉ SA VOITURE! Ça m'a valu de regarder la Brunet (la surveillante de la caf) dans toute sa gloire matinale parce qu'elle surveille aussi le stationnement le matin. Elle est là pour aider les gens en leur disant exactement où ils ne peuvent pas se garer. Je n'avais pas prévu la voir si tôt dans la journée, et c'est un spectacle qui a fait protester les Croque-Mirabelles de mon déjeuner. Mais le pire était à venir.

« Devine, Jasmine! » a dit tante Carole d'une voix joyeuse, ce que j'ai trouvé inquiétant parce que c'est toujours inquiétant quand les adultes sont à ce point joyeux. « Dan — euh... je veux dire M. Devos, le directeur adjoint — m'a offert un poste qui vient de se libérer au bureau. Je vais travailler à ton école. C'est merveilleux, n'est-ce pas? »

TANTE CAROLE, AFFLIGÉE D'UNE STUPIDITÉ TYPIQUEMENT ADULTE

Tante Carole, tante Carole, tante Carole!
(Je secoue la tête tristement en écrivant ça.) À une
certaine époque, tu aurais compris qu'une fille aimerait
mieux se baigner dans une cuve pleine de poutine que
d'avoir une tante qui travaille à son école. Mais on dirait
bien que tu es devenue comme EUX, maintenant. Tu es
une **adulte**, maintenant, tante Carole.

J'ai menti et j'ai dit : « Oui. » Et puis, comme je me
rendais compte que c'était la première fois que je
mentais à tante Carole, j'ai ajouté : « Sans mentir! »

L'ADULTITUDE

EST-CE QUE
ÇA PEUT ARRIVER
À QUELQU'UN
QU'ON
AIME?

Pendant le cours d'études sociales, Isabelle a demandé à M. VanDoy (celui qui ne sourit jamais) s'il y avait des animaux qui mangeaient leurs propres nièces. (J'avais alors raconté à Isabelle que tante Carole avait accepté un emploi à l'école.) Il en a énuméré toute une série — surtout des bêtes féroces comme les crocodiles et les requins — et il a ajouté que, chez les primates supérieurs, comme les chimpanzés, les rapports entre les tantes et les nièces sont particulièrement étroits. Trop étroits, j'imagine, pour qu'une tante chimpanzé accepte un emploi au bureau de l'école de sa nièce chimpanzé.

Pauvre tante Carole (encore une fois, je secoue la tête avec une profonde tristesse)! Elle n'est même plus une guenon...

Mercredi 11

Cher journal,

Isabelle m'a demandé aujourd'hui comment le directeur adjoint m'avait punie lundi dernier. Elle a déjà prouvé qu'elle était capable de **redénoncer**, alors je devais absolument lui faire croire que j'avais été punie. Comme Isabelle a des grands frères méchants, elle est experte en mensonges. Un jour, elle a même réussi à convaincre une surveillante de la caf que son médecin lui avait diagnostiqué une carence en gâteaux et qu'elle avait donc droit, pour des raisons médicales, à un dessert supplémentaire. Ça peut paraître facile, mais les surveillantes de la caf sont très brillantes, surtout quand il s'agit de desserts supplémentaires, et quand quelqu'un réussit à leur en soutirer un, c'est le genre d'exploit dont on fait des chansons.

Alors je lui ai répondu du tac au tac : « À ton avis? »

Tu vois, en disant ça, j'amenais en quelque sorte Isabelle à me dire quel mensonge elle serait prête à croire.

« Il t'a mise en retenue? »

« Ouais! En retenue. »

Ha! ha! Je t'ai bien eue, Isabelle!

Jeudi 12

Cher journal full nul,

Bon, bon. Ce n'est pas si facile que ça de l'« avoir », Isabelle.

Je devais paraître un peu trop contente, ou un peu trop déçue, ou alors c'est le détecteur de mensonges qu'elle a dans le derrière qui s'est déclenché, mais en tout cas, elle ne m'a pas crue et m'a **reredénoncée**. Et, encore une fois, j'ai dû descendre voir le directeur adjoint. Mais c'était pire cette fois-ci, parce que tante Carole était là aussi.

Le bureau ne ressemblait pas à tous les bureaux que j'avais connus. Les secrétaires SOURIAIENT! Il y avait de la musique qui jouait doucement. Il y avait aussi des fleurs et, au lieu des bonbons au caramel, un énorme bol plein de petites tablettes de chocolat.

Tante Carole était assise au beau milieu de ce bureau transformé. Quand elle m'a vue, elle m'a fait un signe de la main en disant : « Jasmine! Bonjour, Jasmine! Eh, tout le monde, c'est ma nièce Jasmine! »

Les sinistres secrétaires ont pris les trucs affreux qui leur servent de visage et m'ont SOURI! Je n'aurais jamais cru ça possible.

Puis le directeur adjoint est sorti de son bureau et m'a montré la dernière note d'Isabelle.

« Ta tante m'a parlé de ton amie Isabelle. C'est un **panier percé**, et même reperçé. Je suppose qu'elle va continuer à te dénoncer jusqu'à ce que tu sois punie, alors voici ce que je te propose. » Il a laissé tomber la note par terre. « Qu'est-ce que tu dirais de la ramasser et de la jeter à la poubelle? Tu pourras lui dire que je t'ai forcée à nettoyer le bureau. »

Incroyable, hein? Sa solution était en même temps un mensonge et la pure vérité.

J'ai déjà entendu dire que, si on laisse un singe taper sur un clavier assez longtemps, il va finir par écrire *Roméo et Juliette*. Alors, même un singe peut faire certaines choses comme les humains, et je pense que c'est ce que le directeur adjoint était en train de faire.

Je croyais que seuls, les jeunes étaient capables de mentir et de dire la vérité en même temps, mais M. Devos venait de le faire sous mes yeux.

Alors j'ai souri, j'ai ramassé la note et je l'ai jetée à la poubelle en vitesse, avant que les tablettes de chocolat disparaissent, que la musique s'arrête ou que le singe cesse de taper sur son clavier.

Vendredi 13

Cher nul,

Ma mère m'a annoncé que tante Carole allait recevoir quelques personnes chez nous, dans deux semaines. Elle a dit que c'était une fête, mais comme les *adultes* ne sont pas vraiment des humains à part entière, ils ne savent pas vraiment fêter.

Tante Carole a dit à ma mère qu'elle avait un rendez-vous très excitant ce soir. Ça m'a tellement horrifiée que j'ai dû me forcer pour continuer à les espionner. Elles ont arrêté de parler quand elles m'ont vue, dissimulée près de la porte de la cuisine comme si de rien n'était, et elles n'ont pas voulu me révéler avec qui elle avait rendez-vous.

Tante Carole est assez jolie pour être caissière dans une banque, mais elle est presque aussi vieille que ma mère, alors le gars en question est sûrement :

a) Plus beau qu'elle, mais moins intelligent;

b) Moins beau qu'elle, mais plus drôle;

c) Exactement aussi beau, mais plus petit.

d) Propriétaire d'une super voiture sport.

Comme je ne peux pas toujours compter sur Sac-à-puces pour m'aider quand j'en ai besoin, je lui ai donné en cachette une boîte de fèves au lard, ce soir au souper. J'espère qu'il empestera ma chambre encore une fois, juste à temps pour que je puisse dormir sur le divan.

Maintenant, il ne me reste plus qu'à attendre que mon petit beagle gazéifié fasse ce qu'il a à faire.

Et à me rappeler de ne pas me placer n'importe où...

Samedi 14

Cher toi,

Sérieusement, comment peut-on être assez égoïste pour ne pas laisser les autres profiter de son odeur? Sac-à-puces a obstinément refusé de me gazer hier soir, alors je n'étais pas couchée sur le divan quand tante Carole est revenue et je n'ai pas pu l'écouter raconter sa soirée.

Ma mère et tante Carole sont parties de bonne heure aujourd'hui pour aller chercher des ingrédients pour les hors-d'œuvre de ma mère. Ma mère est une cuisinière pourrie, tout le monde sait ça : ma famille, mes amis, et même les ambulanciers qui ont dû venir sauver mon père un jour qu'il s'était fait attaquer par une lasagne. Mais ce que la plupart des gens ignorent, c'est qu'elle fait des hors-d'œuvre absolument géniaux. Et qu'elle adore faire des démonstrations de ses capacités.

Je ne parle pas de petites saucisses cocktails ou de mini-pizzas congelées. Elle fabrique de minuscules petites choses tellement fantastiquement délicieuses que tout le monde a du mal à croire que c'est elle qui les a faites. Ma mère aurait peut-être été une excellente cuisinière si elle avait dû préparer des repas uniquement pour des Barbies. Elle va sûrement se servir des yeux qu'elle a tout autour de la tête pour nous empêcher de goûter à ses merveilles. Surtout Sac-à-puces, qui a déjà mordu la cuisse de certains invités pour leur faire lâcher leurs hors-d'œuvre.

Comme ma mère était partie, mon père a décidé de s'avancer dans les **travaux** qu'il n'avait pas finis dimanche, sans pour autant les finir aujourd'hui, bien sûr. J'ai appelé Isabelle pour qu'elle vienne regarder les émissions éducatives à la télé, mais elle était sortie magasiner avec sa mère.

LES PROJETS DE MON PÈRE POUR AUJOURD'HUI

1. Essayer de trouver un marteau

2. Essayer de réparer un pied de table branlante

3. Essayer d'enseigner 40 nouveaux jurons à tout le voisinage

49

Dimanche 15

Cher journal,

Je suis sortie avec tante Carole aujourd'hui. C'était plutôt cool parce que j'avais l'impression qu'on était redevenues aussi proches que la nièce et la tante chimpanzés du cours de VanDoy, les problèmes de derrière en moins. On est allées au parc et on a vu des types qui avaient à peu près son âge.

Elle a dit : « Je pense qu'ils me reluquent. » C'est bien mignon, mais comme c'est ma tante, ça m'a donné un peu, beaucoup mal au cœur. Je n'avais jamais imaginé tante Carole comme une fille que les gars pourraient reluquer. Je ne pensais pas que les gens de cet âge-là pouvaient reluquer quoi que ce soit, sauf peut-être, discrètement, les autres gens de leur âge qui ont d'ÉNORMES grains de beauté dans le dos.

ATTENTION!
LES ADULTES SE FÂCHENT QUAND ON S'AMUSE AVEC LEURS INFIRMITÉS.

Quand j'étais petite, je me disais que je n'aurais jamais 10 ans — **un nombre à deux chiffres, c'était du sérieux!** Mais c'est arrivé. *J'ai eu 10 ans* et je me suis rendu compte que ce n'était pas si vieux que ça. Bien sûr, j'avais un peu plus de mal qu'avant à me déplacer, surtout pour monter l'escalier, mais en dedans, je me sentais encore comme si j'avais neuf ans.

Je me demande à quel âge les gens commencent à vous reluquer. Et à quel âge ils arrêtent de le faire. D'ailleurs, je ne suis même pas sûre que ces types-là aient vraiment reluqué ma tante. Peut-être que c'est plutôt elle qui les reluquait. Et surtout, je me demande comment on fait exactement pour reluquer quelqu'un, et aussi pour se faire reluquer. Je vais demander à Sac-à-puces de me reluquer, et essayer de l'observer dans le miroir pour voir comment il fait. **Oh, toi, la paix!** Il n'y a rien de bizarre là-dedans. Il y a probablement une foule de gens qui le font.

Voilà comment Sac-à-puces m'a reluquée.
C'est vraiment comme ça qu'on fait?

Lundi 16

Cher nul,

Tu te rappelles la Brunet, bien sûr? C'est la bufflonne à qui quelqu'un a appris comment être surveillante de caf et qui a pour tâche de s'assurer que tout ce qui se passe à la caf se passe aussi bien que la digestion d'une grand-mère qui a mangé de la soupe aux pois.

Beurk! Je n'ai jamais rien écrit d'aussi dégueu, je pense! En tout cas, je ne suis pas près de remanger de la soupe aux pois!

Je jure solennellement que c'est la DERNIÈRE FOIS que je me sers de cette image.

En tout cas, c'était un midi typique à la caf. Siaté'j àl ceva Ellebasi, ce qui veut dire « J'étais là avec Isabelle ». Je ne sais pas si c'est encore cool de parler comme ça, mais ça m'amuse, alors je le fais seulement ici en privé avec toi, cher nul, parce que c'est très long de se faire réhabiliter quand on a commis un CRIME ANTI-COOL.

SECUP-À-CAS

ALAOK

SURUASONNARYT XER

C'est comme cette histoire qu'Isabelle m'a racontée au sujet de la fille qui a été vue – POUR DE VRAI! – le doigt dans le nez – POUR DE VRAI! Écoute : tout le monde se met le doigt dans le nez de temps en temps et, à mon avis, ce qu'un doigt et un nez font en privé ne concerne personne, du moment qu'ils sont consentants. Mais Isabelle dit que, même si cette fille-là était magnifique, elle n'était quand même pas assez belle pour commettre en public le TROISIÈME PIRE CRIME DIGITAL au monde (ne me demande surtout pas quels sont les deux premiers) et que, 30 ans plus tard, elle était allée en prison pour avoir volé une auto.

IL FAUDRAIT PROBABLEMENT ÊTRE UNE VEDETTE DE CINÉMA ET AVOIR DEUX CHIOTS DANS LES BRAS POUR S'EN TIRER APRÈS AVOIR COMMIS LE CRIME DIGITAL N° 3.

Mais revenons-en à la cafétéria : la Brunet, Isabelle, moi, tu te rappelles?

Je marchais, tout simplement, assez lentement pour que ça puisse être considéré comme de la marche, mais assez vite pour que ce soit presque de la course, sans en être réellement. (Puisqu'on n'a pas le droit de courir à l'intérieur de l'école.)

Angéline a dit : « Hé, Jasmine! », ce qui m'a étonnée; Angéline n'est pas mon amie et ne pourra jamais l'être parce qu'elle est née avec une grave infirmité : elle est PARFAITE.

Mais j'ai regardé quand même, peut-être parce que j'étais curieuse de voir à quel point je la détestais à ce moment précis, et c'est là que j'ai glissé sur quelque chose.

Je ne jurerais pas que c'était une flaque de produit revitalisant pour cheveux, mais Angéline — qui est bien connue pour abuser du revitalisant pour cheveux — était dans les parages, et toutes les heures que j'ai passées à regarder des émissions de détectives à la télé m'ont enseigné que le coupable s'attarde souvent sur les lieux du crime.

Je ne jurerais pas non plus que c'était du pain de viande, mais le pain de viande de la caf est assez graisseux pour être considéré comme un lubrifiant de calibre industriel et il est bien possible qu'il en soit tombé un morceau des horribles lambeaux de peau qui pendent sous le nez de la Brunet. Je pense qu'on appelle ça des « lèvres ».

Mais je n'écarte pas complètement la possibilité que ce soit à cause de mes nouveaux souliers (qui me donnent l'air d'avoir au moins 20 ans). En tout cas,

quand j'ai foncé dans la Brunet, j'allais certainement aussi vite qu'une fille qui s'exerce à marcher comme ça depuis 20 ans!

Tellement vite, en fait, que je suis littéralement rentrée DANS la Brunet. C'était un peu comme quand on est sous l'eau. Tu sais, quand les sons changent et qu'on ne pèse plus rien...

J'ai fini par me décoller de l'empreinte de Jasmine que j'avais laissée sur elle, et je me suis retrouvée encore une fois au bureau, en train de préparer l'excuse qui allait paraître dans mon dossier permanent.

En plus, comme tante Carole est au bureau maintenant, ma mère allait probablement entendre parler de cette histoire encore plus tôt que d'habitude.

J'imaginais très facilement la scène. Elle allait dire : « Jasmine a foncé dans Mlle Brunet aujourd'hui et elle s'y est enfoncée un peu, et c'est un des principaux signes qu'elle va probablement voler des autos un jour et se retrouver en prison. Et puis, ça va coûter cher pour effacer l'empreinte qu'elle a laissée dans Mlle Brunet. »

Mais pas du tout! Tante Carole s'est contentée de lire la note que la Brunet m'avait remise, de sourire et de dire : « Ralentis, bolide! » Et puis elle a JETÉ LA NOTE À LA POUBELLE!!! Juste comme ça! Le crime était oublié.

« Tu n'es pas obligée d'en parler à M. Devos? » lui ai-je demandé en chuchotant, comme si je savais qu'on était en train de commettre un crime.

COMME PAR MIRACLE!

Elle m'a dit : « Je vais lui en parler. Ce n'est pas grave. Ne t'inquiète pas. » Et puis elle m'a fait un clin d'œil, exactement comme ma mère quand elle s'apprête à faire disparaître quelque chose par magie avant que mon père s'en rende compte — comme la fois où je me suis servie de son rasoir électrique pour transformer tous mes animaux en peluche en chihuahuas.

C'est exactement de ça qu'ils ont l'air quand on les rase.

J'ai pensé à ça toute la journée : ma tante détient le pouvoir de faire disparaître les notes des profs, et j'ai décidé de ne jamais – **au grand jamais!** – le dire à Isabelle. Si elle savait que je jouis de cet extraordinaire avantage, qui sait ce qu'elle pourrait faire?

Pour son propre bien, et pour celui de l'Humanité, je jure solennellement de ne JAMAIS raconter ça à Isabelle.

Mardi 17

Cher journal full nul,

J'ai tout raconté à Isabelle.

Je sais, je sais… J'ai peut-être laissé entendre que je ne lui dirais peut-être rien, mais je n'ai pas pu me retenir. Et j'ai bien fait parce que je ne pense vraiment pas qu'elle puisse chercher un jour à en profiter. Elle s'est contentée de sourire un peu et de marmonner en se frottant les mains, ce qui ne veut pas NÉCESSAIREMENT dire qu'elle prépare quelque chose de sinistre.

J'ai vu des photos d'Isabelle quand elle était bébé. Elle est née comme ça.

Au dîner, aujourd'hui, pendant que je discutais avec Isabelle pour savoir laquelle des personnes de l'école on aimerait mettre dans une caisse et expédier sur une île très loin d'ici, Angéline, qu'on avait justement choisie – drôle de coïncidence! – pour y être mise en premier, s'est avancée vers moi et m'a fait... enfin tu sais, quand quelqu'un te prend par les épaules en sautillant sur place et en secouant la tête de tous les côtés, tout en laissant échapper des petits rires aigus comme ceux qui font pisser les chiots? J'avais un peu l'impression de m'être fait attaquer par un grizzly vraiment adorable. Je ne sais pas comment on appelle cette manœuvre, mais tant qu'on ne l'a pas subie de la part d'Angéline, on ne peut probablement pas comprendre à quel point il est facile de tuer une personne qui ne s'y attend pas. Est-ce qu'on appelle ça un **homicide involontaire joyeux? Un riromicide?**

BOING
BOING
BOING
BOING
BOING
BOING

BING
BING
BING

HI HI
HI

HIII

BANG
BANG
BANG

Heureusement (quoique sans aucune explication), Angéline m'a lâchée et est partie en courant. Juste comme ça. Je me demandais si je pouvais la dénoncer pour ça. Après tout, elle a laissé des cheveux partout sur moi. On pourrait peut-être appeler ça une agression à l'arme parfumée?

EN ÉTAT DE CHOC →

MAIS ENCORE UN PEU JOLIE, TU REMARQUES? ←

Pendant que j'essayais de trouver un chef d'accusation approprié, j'ai remarqué quelque chose d'encore PLUS bizarre à l'autre bout de la cafétéria : tante Carole en train de bavarder avec la surveillante de la caf. Déjà, ça, c'était inquiétant. Mais ensuite, la Brunet a essayé d'exécuter ce qui ressemblait étrangement, à mon avis, à un...

Est-ce que je rêvais, ou quoi? Angéline, bien sûr, est aussi légère qu'une fée, et ses cheveux lustrés lustrent lustreusement au ralenti sur tout ce qui l'entoure, mais la Brunet n'a manifestement pas le même rapport avec la gravité terrestre. Je me demande même si elle n'a pas sa propre gravité. Je ne serais pas surprise de voir un jour une surveillante de caf de taille normale en orbite autour d'elle.

Mais c'était très clair : la Brunet avait essayé de sautiller joyeusement. Elle avait essayé de secouer la tête. Elle avait même émis un petit gloussement comme ceux qui font pisser les chiots — quoique, dans son cas, on avait plutôt l'impression que ça pourrait faire pisser des bébés chacals. C'était bel et bien un **riromicide**, contre tante Carole. Est-ce qu'elle essayait d'imiter un comportement humain, comme aurait pu le faire un chimpanzé qui porterait une robe affreuse? M. VanDoy nous a bien dit que les animaux imitaient parfois les humains...

Quand je me suis tournée vers Isabelle, j'ai su tout de suite qu'elle avait observé toute la scène, et j'ai vu un sourire se dessiner sur son visage, comme une mince trace humide laissée par un escargot.

Ouache! Je pense que j'ai réussi encore une fois à me dégoûter moi-même!

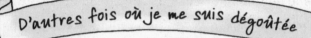

D'autres fois où je me suis dégoûtée

Quand j'ai regardé l'intérieur de mon nez avec un miroir et une lampe de poche (dégoûtée pendant trois heures)

Quand je me suis persuadée que les spaghettis ressemblaient à des veines (dégoûtée des spaghettis pendant quatre mois)

Quand j'ai oublié de détourner le regard pendant que mes parents s'embrassaient (toujours dégoûtée, mais ça me fait rire un peu aussi)

Mercredi 18

Cher toi,

Mlle Angrignon est arrivée en retard au cours d'arts. Elle était encore plus jolie que d'habitude — c'est-à-dire assez pour être serveuse. En fait, elle était presque aussi belle qu'une patineuse de fantaisie, ou même une artiste du cirque.

Elle a regardé nos collages, mais elle en a à peine remarqué les détails.

C'est parce qu'elle avait terriblement hâte de nous donner notre devoir suivant, qui est certainement le plus bizarre qu'on ait eu depuis longtemps : elle nous a demandé de faire une carte de Saint-Valentin, mais sans y mettre de nom. On n'est même pas proches de la Saint-Valentin! Puis elle m'a fait un clin d'œil en disant : « Je compte sur toi, Jasmine », ce qui était en fait assez logique puisque mes cartes de Saint-Valentin seraient capables de rendre une fourmi amoureuse d'un fourmilier.

Tu es tellement jolie que je ne t'aspirerai pas par le nez

Mais elle a aussi fait un clin d'œil à Angéline, qui venait de lui remettre son collage... si on peut appeler ça un collage. COMME SI Angéline comprenait les bases de la **Valentinologie**! Sérieux! Angéline peut faire bien des choses, mais ses talents de brillanteuse sont strictement du niveau amateur. Et je ne te parle même pas de sa technique avec les boules d'ouate... Je pense qu'Angéline essaie de me voler ma prof préférée. Est-ce que c'est possible? On peut faire confiance à Angéline pour trouver un tout nouveau type de crime.

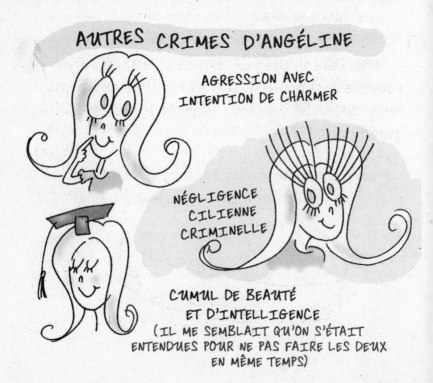

AUTRES CRIMES D'ANGÉLINE

AGRESSION AVEC INTENTION DE CHARMER

NÉGLIGENCE CILIENNE CRIMINELLE

CUMUL DE BEAUTÉ ET D'INTELLIGENCE (IL ME SEMBLAIT QU'ON S'ÉTAIT ENTENDUES POUR NE PAS FAIRE LES DEUX EN MÊME TEMPS)

Isabelle s'est excusée de m'avoir **reredénoncée** l'autre jour. Je suis sûre que ses excuses étaient sincères cette fois-ci, parce que je sais qu'elle veut sincèrement profiter de la capacité qu'a tante Carole de faire sincèrement disparaître les notes des profs. Elle a aussi admis qu'elle était sincèrement jalouse de mes souliers (qui me donnent l'air d'avoir au moins 20 ans). Au début, elle les trouvait laids, mais quand elle a constaté à quel point je les aimais, elle a décidé qu'elle les aimait elle aussi, tout en les détestant. Elle en a même acheté une paire quand elle est allée au centre commercial avec sa mère. Ce n'est pas gentil, ça?

Il faut dire qu'elle a des excuses. C'est très difficile pour elle de se passer de sucre. Hier, elle a même essayé de se faire un biscuit Oreo en collant deux craquelins avec du dentifrice.

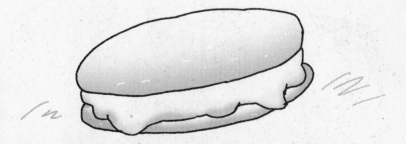

Tante Carole n'a pas soupé avec nous ce soir. Quand j'ai demandé à ma mère ce qui se passait, elle m'a dit « rien », mais sa réponse est venue très vite, comme quand on sait d'avance que quelqu'un va nous poser une question.

Elle a dit que tante Carole avait un rendez-vous, encore ce soir, mais elle n'a pas voulu me dire avec qui.

Sac-à-puces était particulièrement affamé après avoir regardé ma mère faire ses hors-d'œuvre toute la journée, alors je n'ai eu aucun mal à lui faire manger des fèves au lard encore une fois, dans l'espoir qu'il gazerait ma chambre et que je pourrais dormir sur le divan pour écouter ce que tante Carole aurait à raconter quand elle rentrerait. Mais Sac-à-puces s'obstine toujours à refuser d'émettre la moindre odeur, même quand je m'assois sur lui de tout mon poids; alors je vais devoir coucher dans ma chambre sans savoir avec qui ma tante avait rendez-vous.

Jeudi 19

Cher journal,

J'étais à la caf avec Isabelle ce midi... C'était du **pain de viande,** bien sûr. Le jeudi, c'est toujours le jour du pain de viande. Les cuisinières ont déjà essayé de le déguiser, mais ça finit toujours par ressembler à de la vache découpée en petits morceaux qui sont ensuite tassés en forme de brique pour être plus appétissants.

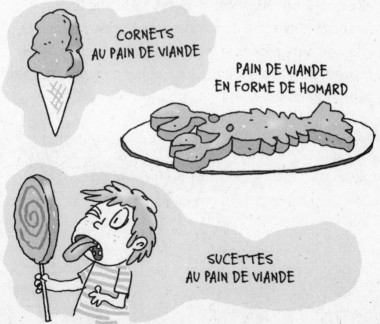

QUELQUES-UNES DES VARIANTES
DU PAIN DE VIANDE
QU'ON A VOULU NOUS FAIRE AVALER

CORNETS
AU PAIN DE VIANDE

PAIN DE VIANDE
EN FORME DE HOMARD

SUCETTES
AU PAIN DE VIANDE

En tout cas, on se plaignait toutes les deux de ce fichu pain de viande quand Isabelle a eu une idée. Elle a pris son plateau, elle s'est levée et elle m'a dit de la suivre. On s'est dirigées tout droit vers la poubelle où la Brunet montait la garde. Isabelle a regardé la Brunet dans les yeux et a laissé tomber son pain de viande dans la poubelle. Puis elle a pris mon plateau et a jeté mon pain de viande aussi. Et elle a attendu qu'il se passe quelque chose.

Jeter du pain de viande dans la poubelle devant la Brunet, c'est vraiment tenter le diable! Même un clown de rodéo ne prendrait pas un risque pareil. Mais Isabelle a des grands frères méchants qui lui ont appris, par la force des choses, à se tenir debout même quand elle a peur. Isabelle et la Brunet se sont fixées pendant une bonne minute – du moins, c'est l'impression que j'ai eue – jusqu'à ce que la Brunet finisse par détourner les yeux. Isabelle a souri.

LA MEILLEURE
CLOWN DE RODÉO
DE TOUS LES TEMPS

« Je pense que ta tante Carole a un effet calmant sur la Brunet, a dit Isabelle. C'est comme quand on place une petite chèvre dans un box avec un cheval nerveux. » Isabelle a dit aussi que, grâce à ça, on pouvait faire tout ce qu'on voulait maintenant, et elle l'a prouvé en buvant toute l'eau qu'elle a pu avaler à la fontaine. Je lui ai dit que l'eau de la fontaine n'était pas rationnée, de toute manière. Et elle m'a dit : « Pas pour nous en tout cas, Jasmine. Plus maintenant. »

Isabelle a fini par trouver ça moins drôle d'avoir bu autant d'eau.

SWISH SWISH SWISH

Vendredi 20

Cher nul,

Avant le cours, aujourd'hui, on a demandé à
M. VanDoy (le prof qui ne sourit jamais) si c'était vrai,
comme le prétendait Isabelle, qu'une chèvre pouvait
avoir un effet calmant sur un cheval.

Il a dit que oui, ce qui m'a étonnée, parce que les
profs savent souvent bien moins de choses qu'Isabelle.
Il y en a même beaucoup qui n'ont jamais entendu parler
des choses qu'Isabelle tient pour vraies.

VANDOY,
QUI →
NE SOURIT
JAMAIS

MAIS, CHOSE
IMPRESSIONNANTE,
QUI EN SAIT
PEUT-ÊTRE AUTANT
QU'ISABELLE.

J'étais en train de réfléchir à ça, et au fait indéniable que les adultes sont des animaux, quand s'est produite la **déplaisanterie**. Mais, avant que je te parle de cette **déplaisanterie**, cher nul, il faut que tu saches que je ne l'ai vraiment pas fait exprès. C'est sorti tout seul.

Voici une transcription de l'échange en question :

ISABELLE : Alors, de quelle sorte d'animaux allez-vous nous parler aujourd'hui, monsieur VanDoy?

VANDOY : Je ne sais pas exactement. J'ai été très occupé à la maison et je n'ai pas arrêté de courir.

MOI : Ça ne vous a pas fait maigrir, en tout cas!

Ça s'est passé tellement vite que je me suis à peine rendu compte de ce que j'avais dit. Mais le rire tonitruant d'Isabelle et son « **Hon! t'as pas dit ça?!** » n'ont sûrement pas aidé, et M. VanDoy m'a envoyée au bureau avec une note.

Ben quoi? C'est évident, non?

76

Pas de problème, hein? Tante Carole va savoir quoi faire avec ça, hein? Sauf que, quand je suis arrivée au bureau, tante Carole n'était pas là. Il y avait seulement les secrétaires d'avant et, même si elles m'ont toutes fait un vrai sourire (pas comme ceux qu'elles me faisaient avant et qui ressemblaient à de petits accrocs dans le tissu d'un fauteuil), elles n'allaient certainement *pas* faire disparaître la note.

J'ai été très étonnée de voir Mlle Angrignon sortir du bureau de M. Devos, le directeur adjoint. Elle était aussi jolie que d'habitude, et peut-être même plus, mais elle n'avait pas l'air contente.

Elle m'a dit : « Je te le laisse » en pointant le pouce vers M. Devos comme si elle avait plutôt envie de le lui enfoncer dans l'œil.

J'ai remis au directeur adjoint la note de M. VanDoy, et j'ai eu l'impression qu'il se retenait pour ne pas rire. Les adultes font souvent ça, ce qui est étrange parce que tout le monde aime rire, non? Il m'a dit que je ferais mieux de peser mes mots un peu plus soigneusement et que ça ne ferait pas de mal si je m'excusais auprès de M. VanDoy et si j'évitais de mentionner sa taille à l'avenir.

Il a lancé ma note dans la poubelle et, en la suivant du regard, j'ai vu une CARTE DE SAINT-VALENTIN au milieu des déchets. C'était la *MIENNE*! Celle que j'avais faite pour le cours d'arts. (Je reconnaîtrais mon mélange secret de brillants à des kilomètres.)

C'était écrit « **On mange ensemble?** » dessus, de la magnifique écriture de Mlle Angrignon.

Elle s'était servie de ma carte pour inviter M. Devos à dîner! Tu t'imagines? Je suis vraiment flattée. Tu vois, Angéline? Mlle Angrignon est encore *MA* meilleure amie prof à MOI!

Je suppose qu'il a dit non et que c'est pour ça qu'elle n'était pas contente. Mais ce que je ne comprends pas, c'est que Mlle Angrignon et M. Devos travaillent depuis des années ensemble. Pourquoi est-ce que, tout à coup, elle lui donnerait une carte de Saint-Valentin? Pourquoi est-ce qu'il a dit non? Pourquoi est-ce que **mes talents de brillanteuse** et **mon mélange secret** n'ont pas réussi à le convaincre?

C'est un grand mystère.

BRILLANTEUSE PERPLEXE

MAGNIFIQUE CARTE À LA POUBELLE

On mange ensemble?

P.-S. : J'ai donné des fèves à Sac-à-puces encore une fois. Je suis sûre qu'il fait exprès de se retenir. Quel égoïste!

Samedi 21

Cher toi,

Ma mère m'a dit que, comme tante Carole allait donner sa petite réception chez nous vendredi, et comme tous les invités allaient déposer leurs manteaux dans ma chambre, je devais commencer à faire mon ménage tout de suite. C'est un processus qui prend généralement à peu près cinq jours. Je déteste faire le ménage dans ma chambre, mais c'est parfois intéressant de creuser un peu et de découvrir des vestiges d'anciennes civilisations jasminiennes enterrées profondément sous la couche visible de détritus.

VÊTEMENTS SALES, MAGAZINES RÉCENTS

DÉPÔT DE SOULIERS REJETÉS

COUCHE DE PASSE-TEMPS QUI M'ONT INTÉRESSÉE À PEU PRÈS DEUX MINUTES

CHOSES QUE JE PENSAIS AVOIR PERDUES À LA MATERNELLE

MES VIEUX BIBERONS ET MES JOUETS DE DENTITION

COMPOST

FOSSILES

PÉTROLE

Dimanche 22

Cher journal,

Je suis sortie encore une fois avec tante Carole aujourd'hui. On a parlé de son emploi, qu'elle « *ADOOORE* », paraît-il. Elle dit qu'elle adore l'école et les gens avec qui elle travaille, et moi, et les gens avec qui elle travaille, et le monde entier, et les gens avec qui elle travaille.

Je lui ai appris certaines choses au sujet des gens avec qui elle travaille, puisque ça fait seulement

LES ADULTES SONT INQUIÉTANTS QUAND ILS **ADOOOORENT** QUELQUE CHOSE À CE POINT-LÀ!

quelques semaines qu'elle est là et qu'il est toujours bon que les adultes — comme les animaux — sachent comment leur petit troupeau fonctionne.

Je lui ai dit que les secrétaires étaient sinistres, avant, mais qu'elles étaient devenues gentilles et que c'était probablement parce qu'elle avait remplacé leurs bonbons durs au caramel par des tablettes de chocolat, ou alors parce qu'elle avait un effet de chèvre calmante sur elles, comme sur la Brunet.

Je lui ai dit que M. Ernest, le prof de français, avait une veine sur le front qui se mettait à pulser quand il était en colère, mais que, comme les éléphants, il cherchait surtout à faire peur aux gens et qu'il n'avait pas vraiment l'intention de les éventrer.

Je lui ai dit aussi que, pendant son absence l'autre jour, Mlle Angrignon avait donné au directeur adjoint une carte de Saint-Valentin que j'avais fabriquée, un peu comme un oiseau qui offrirait à une oiselle, pendant une parade nuptiale, un beau gros ver de terre couvert de brillants.

Tante Carole est devenue tout énervée et rouge de colère. La seule explication plausible, à mon avis, c'est qu'elle déteste les oiseaux.

Évidemment, je ne les adore pas non plus, mais quand même, tante Carole...

Regarde comment elle a changé.

Elle déteste peut-être les cartes de Saint-Valentin?

Lundi 23

Cher journal full nul,

Tante Carole m'a amenée à l'école aujourd'hui.
À notre arrivée, la Brunet patrouillait dans le
stationnement comme elle le fait toujours quand
elle n'est pas en train de patrouiller à la caf.

Tante Carole s'est arrêtée et lui a parlé un instant
pendant que j'entrais dans l'école. Ce n'est pas la
première fois que je les vois parler. Je suppose que la
Brunet disait à ma tante d'aller garer son auto ailleurs,
ou de finir son pain de viande, ou une autre brunetterie
stupide dans le même genre.

La Brunet
patrouille aussi
dans le stationnement
de l'école. Ou peut-être
qu'elle rôde, tout
simplement?

Un peu plus tard, Angéline m'a refait le coup du **riromicide**. Les piétinements, les hochements de cheveux, les gémissements à faire pisser les chiots.

« Les lunettes!!!!!!!!!!!!!!!!!!!!! Elle a glissé!!!!!!!!!!!!!!!!!!!!!!!!!! Ta tante!!!!!!! !!!!!!!!!!!!! Elle était fâchée au début... mais... hi, hi, hi!!!!!!!!! Vendredi!!!!!!!!! !!!!!!!!!!!!! » (Et je n'exagère pas le nombre de points d'exclamation!) Tout ce que je pouvais faire, c'était d'éviter de me faire étrangler par la masse dorée, soyeuse et parfaite de la chevelure dorée, soyeuse et parfaite qu'Angéline secouait allégrement, comme si j'avais eu à me défendre contre une pieuvre géante qui aurait senti le shampoing à la pomme verte.

Pourquoi fait-elle ça?

J'AURAIS PU ÊTRE BLESSÉE PAR UN POINT D'EXCLAMATION PERDU.

J'ai demandé à ma mère ce qu'elle pensait de l'histoire d'Angéline, mais elle était tellement concentrée sur ses précieux hors-d'œuvre, tout en gardant un pied sur Sac-à-puces pour l'empêcher de sauter sur la table, qu'elle n'a pas enregistré ce que j'ai dit. Tout ce qu'elle a trouvé à me répondre, c'est : « J'aime bien Angéline. Elle est gentille. » J'ai su tout de suite qu'elle n'avait aucune idée de ce dont je venais de lui parler.

LES MÈRES SONT CAPABLES DE GARDER
JUSQU'À TROIS CHIENS OBÈSES À DISTANCE RESPECTUEUSE
SANS INTERROMPRE LEUR TRAVAIL.

Mardi 24

Cher journal,

Isabelle s'est fait disputer HUIT fois aujourd'hui! Elle n'arrêtait pas de faire des choses juste assez défendues pour se faire envoyer au bureau du directeur adjoint, mais pas assez graves pour obliger les profs à appeler la police.

Le dossier d'Isabelle :

- A dit à Mme Poitras, la prof de sciences, que la biologie, c'était l'étude de tout ce qui était trop dégueu pour aller dans une autre « logie » et que c'était pour ça qu'elle l'enseignait.
- A couru dans le couloir.
- A dessiné au tableau un portrait ridiculisant M. Ernest. (Ce qui n'aurait peut-être pas suffi en soi pour l'envoyer au bureau, mais la jupe hawaïenne et le soutien-gorge en noix de coco ont sûrement aidé.)

M. ERNEST

Et ce n'est pas tout!

• A couru dans le couloir une deuxième fois.

• A rappelé au prof de maths que, quand le micro-ondes a été inventé, les gens n'avaient plus besoin de faire leur maïs soufflé sur le feu. Alors, maintenant qu'on a des calculatrices, on n'aura bientôt plus besoin de profs de maths non plus.

• A dit aux surveillantes de la caf que le goût de leur macaroni au fromage rappelait l'intérieur d'un poulailler abandonné.

• A couru dans le couloir une TROISIÈME fois.

• Enfin, a eu un accrochage avec M. Dubois, le prof d'édu, qui voulait nous faire courir autour du gym. Elle lui a dit qu'on n'était pas censés courir à l'intérieur de l'école.

Elle cherchait manifestement à profiter du fait que tante Carole est toujours prête à jeter les notes des profs. Elle voulait voir jusqu'où elle pourrait aller, j'imagine. Je n'ai même pas voulu en parler à tante Carole ce soir parce que je trouve ça un peu gênant. Je vais en discuter avec Isabelle demain et lui demander de calmer un peu ses ardeurs.

Isabelle est douce comme un agneau.
Je suis <u>sûre</u> qu'elle va se calmer.

Mercredi 25

Cher nul,

Apparemment, les ardeurs d'Isabelle ne sont pas faciles à calmer...

SKWOUSH

J'ai essayé de lui expliquer qu'elle était en train de surexploiter la ressource naturelle que représente tante Carole et que, si elle continuait comme ça, elle allait l'épuiser. Un jour, elle ne sera peut-être plus là quand on aura vraiment besoin d'elle, par exemple si l'on enferme Angéline dans un casier et qu'on en soude la porte par accident. (J'ai appris à souder sur Internet, il n'y a pas longtemps. Par accident.)

Isabelle s'en fiche. Elle a poursuivi sur sa lancée criminelle toute la journée, et Mlle Angrignon a même fini par l'accompagner en personne au bureau.

Je lui ai dit que, si elle continuait, elle allait finir par se faire mettre en retenue. J'ai cru un instant que ça l'avait calmée, parce qu'elle s'est arrêtée une seconde pour réfléchir.

J'ai voulu faire mes excuses à tante Carole pour ce qu'Isabelle avait fait, mais elle était sortie encore une fois, et Sac-à-puces refuse toujours de faire du vent. (J'ai essayé de lui donner du chou et du brocoli ce soir. Il a été incapable de résister parce que les merveilleux hors-d'œuvre de ma mère le rendent fou.) Mais j'ai l'impression qu'il commence à gonfler un peu.

Jeudi 26

Cher toi,

C'est le jour du pain de viande. Et ce n'est pas tout. Angéline est venue s'asseoir à notre table aujourd'hui. Je n'ai aucune idée de ce qu'il lui a pris, mais Angéline peut bien s'asseoir où elle veut. Elle semble totalement immunisée contre le **Règlement sur les tables de la caf.** (Il y a une table pour les cool, une pour les incompétents, une pour les petits génies de l'informatique... Tu vois le genre.)

En tout cas, Angéline s'est assise, tout amicale et toute joyeuse, et elle a dit : « Belle petite histoire d'amour au bureau, hein? »

Je ne voyais vraiment pas de quoi elle voulait parler, alors j'ai répondu : « Oui ».

Et elle a ajouté en soupirant : « Notre directeur adjoint a bien l'air d'être amoureux. »

Angéline
et le
pain de viande

BEURK

91

Alors Isabelle a dit : « Pas étonnant. Mlle Angrignon a vraiment fait son possible. »

Angéline s'est peut-être un peu étouffée, mais le pain de viande a cet effet-là sur la plupart des gens.

« Mlle Angrignon? » a-t-elle demandé.

« Ouais, a dit Isabelle, je suis allée au bureau 16 fois en deux jours, et Mlle Angrignon était toujours là, avec toutes sortes d'excuses pour aller voir M. Devos dans son bureau. Elle lui a même donné la carte de Saint-Valentin de Jasmine. En fait, elle se comporte exactement comme Jasmine quand elle essaie d'attirer l'attention d'Henri Riverain. » (Tu te rappelles sûrement, cher toi, qu'Henri Riverain, c'est le huitième sur la liste des plus beaux gars de la classe. Oh, et puis, **la ferme, Isabelle!**)

Angéline a changé de visage. J'ai vu ses grands yeux bleus se rétrécir. Ses narines parfaites se sont dilatées comme... comme... eh bien, elles étaient encore parfaites, mais un peu moins féminines. Et son éternel sourire s'est aplati un peu pour former ce qu'il faut bien appeler un rictus, mais un rictus comme celui que pourrait faire un Câlinours.

Je jubilais! Qui aurait cru qu'elle serait si jalouse parce que Mlle Angrignon avait choisi MA carte? Finalement, tu n'as pas réussi à me voler ma prof préférée, hein, Angéline?

En levant les yeux, je me suis rendu compte que la Brunet était plantée juste à côté de notre table. Est-ce qu'elle faisait tout simplement sa patrouille habituelle, ou plutôt qu'elle nous ESPIONNAIT? Je n'ai pas eu à me poser la question longtemps parce que je l'ai vue lancer un regard mauvais à Mlle Angrignon, à l'autre bout de la caf, qui passait justement par là avec une joliesse particulièrement jolie.

C'est bizarre, mais Isabelle a regardé Mlle Angrignon avec une expression exactement pareille. Je ne savais pas que deux visages aussi différents pouvaient avoir une expression à ce point pareille.

Puis la cloche a sonné et on s'est dispersés. J'ai attendu Isabelle à son casier, mais elle n'est pas venue. Quelque chose me dit qu'elle doit être en retenue. Elle est en manque de sucre, et c'est vraiment difficile pour elle.

Tante Carole n'était pas là ce soir non plus, pour le souper, et j'ai demandé à ma mère si elle allait recommencer à manger avec nous un de ces jours. Ma mère a souri en disant que tante Carole allait déménager très bientôt et qu'elle ne serait pas surprise si on la voyait encore moins souvent après la fête de demain soir.

Il faut absolument que je sache ce qui se passe, et Sac-à-puces est le seul à pouvoir m'aider. Je lui ai donné une boîte de fèves au lard et des gaufres congelées après le souper, et je lui expliqué à quel point il était important qu'il empeste ma chambre avant l'heure où je me couche d'habitude. D'après l'horloge, il lui reste seulement quelques minutes pour s'exécuter, mais j'ai bien l'impression que mon petit beagle gonflé va me désobéir ENCORE UNE FOIS...

DE FACE

DE DERRIÈRE

DE CÔTÉ

D'EN HAUT

ADMETS-LE, SAC-À-PUCES,
TU ES PLEIN DE GAZ.

Vendredi 27

Cher journal full nul,

Isabelle était effectivement en retenue hier. Je lui avais dit qu'il y avait une limite à ce que tante Carole pouvait faire avec les notes des profs.

Justement, en parlant de profs, la petite réception de tante Carole a amené de vrais profs ICI ce soir, dans ma propre maison. Des VRAIS DE VRAIS PROFS, sans blague! Je n'avais pas pensé au fait que, puisque tante Carole vient de commencer à travailler à l'école, il y aurait des profs et des secrétaires partout dans l'intimité de mon humble demeure.

On ne s'attend pas plus à voir un prof chez soi qu'un orang-outan.

Je t'assure! M. Dubois, le prof d'édu (Robin Dubois, crois-le ou non!) était là. Mais il n'avait pas de sifflet ni de planchette à pince, et il ne disait à personne de se grouiller.

Mme Poitras, la prof de sciences, était là, avec une robe qui – surprise! – lui allait TRÈS BIEN. (Je pensais que je n'arriverais jamais à écrire ça sans vomir, mais j'ai réussi!)

M. Ernest y était aussi, mais pas la veine sur son front. Il ressemblait presque à un être humain sans cette horrible grosse veine sur le front.

Les secrétaires étaient toutes là et elles n'étaient pas sinistres du tout, même si ma mère ne leur avait pas distribué de petites tablettes de chocolat. Je commence à me demander si ce n'était pas la Sinistre Secrétaire handicapée par mes soins qui mettait les autres d'aussi mauvaise humeur. Peut-être qu'elle était comme une chèvre qui aurait eu un effet non calmant, à cause des petits collages qu'elle laissait toujours partout dans l'enclos.

Il devait bien y avoir 15 profs dans ma maison, y compris M. VanDoy, qui ne souriait toujours pas. Mais au moins, il ne donnait pas non plus de devoirs pénibles d'études sociales.

Et puis le directeur adjoint, M. Devos, est arrivé, et tante Carole – qui ne regardait probablement pas où elle allait – lui a foncé dedans, exactement comme le jour où j'ai foncé dans la Brunet. Excepté... Excepté qu'il y a eu un énorme...

J'ai encore du mal à y croire. C'était un de ces baisers mouillés dégoûtants qui sont à la fois super dégueus et super merveilleux, comme si deux personnes essayaient de mâcher la même gomme en même temps. Ma tante et le directeur adjoint se sont EMBRASSÉS!

Beaugoûtant!

Il nous a toujours manqué un mot pour les choses qui sont en même temps **belles et dégoûtantes.**

C'est juste à ce moment-là qu'Isabelle est arrivée, avec la Brunet (TU T'IMAGINES???), qui a dit d'une grosse voix enjouée : « Est-ce qu'on a manqué quelque chose? » J'ai regardé les mains d'Isabelle; elles étaient toutes sales. Et celles de la Brunet aussi. Je me suis dit qu'elles avaient dû se battre, mais Isabelle m'a emmenée à la salle de bains et m'a tout raconté.

Isabelle, donc, était en retenue hier. Elle a dit qu'il ne lui avait fallu que quelques minutes au bureau pour savoir qu'Angéline ne parlait pas de Mlle Angrignon l'autre jour : elle parlait de tante Carole. Isabelle a dit que c'était tout à fait évident que tante Carole et le directeur adjoint s'aimaient vraiment — ce qui explique le baiser mouillé — et qu'elle avait entendu tante Carole dire à quel point la fête de ce soir serait « **spéciale** » pour elle et à quel point elle voudrait que Mlle Angrignon n'y soit pas.

Isabelle a dit que toute cette histoire d'amour était une très bonne chose parce que ça faisait parfaitement son affaire.

Excellent travail d'espionne

Je ne comprenais pas. C'est-à-dire que je comprenais pourquoi tante Carole ne voulait pas que Mlle Angrignon vienne à la fête, pour faire les yeux doux à son directeur adjoint adoré, mais je n'arrivais pas à comprendre pourquoi Mlle Angrignon s'intéressait autant à lui. Elle aurait pu l'avoir pour elle n'importe quand depuis cinq ans. Pourquoi est-ce qu'elle tenait tellement à lui tout à coup?

Mlle Angrignon est une spécialiste des poses sexy.

Isabelle a montré nos souliers pareils (ceux qui me donnent l'air d'avoir au moins 20 ans). Alors je me suis rappelé pourquoi Isabelle les avait achetés. C'était seulement parce que je les avais, moi.

Mlle Angrignon a fait exactement comme Isabelle avec mes souliers. Sauf que mes souliers, c'est le directeur adjoint, et que moi, qui avais les souliers en premier, c'est tante Carole. Angéline n'a rien à voir là-dedans. En tout cas, Mlle Angrignon s'est mise à aimer M. Devos parce que tante Carole l'aimait.

Ensuite, Isabelle m'a expliqué POURQUOI ça faisait tellement son affaire. Elle avait fait des bêtises dans la seule intention d'avoir des bonbons. Chaque fois qu'elle allait au bureau, tante Carole jetait la note du prof à la poubelle, et Isabelle ramassait une poignée de bonbons. Elle avait commis tous ses crimes par amour pour le chocolat. Elle savait que j'avais raison, pour la retenue. Mais elle n'essayait surtout pas de l'*éviter*. Elle *voulait* en avoir une. Elle s'était dit que, si elle avait une retenue, elle pourrait passer au moins une heure dans le bureau à manger autant de chocolat qu'elle le voudrait.

Mais elle a très vite compris ce qui se passait, et elle s'est dit qu'elle devait s'assurer que Mlle Angrignon ne la priverait pas de son INTARISSABLE PROVISION DE BONBONS, ce qui voulait dire qu'il fallait l'éliminer de la scène. En plus, Mlle Angrignon avait rejeté son idée de cadenas décorés et avait choisi plutôt les collages d'Angéline, et Isabelle devait se venger de ça aussi. (Tu te rappelles? Elle est comme ça. J'aimerais bien trouver, moi aussi, une façon d'être bien à moi!)

Il n'était pas question qu'Isabelle renonce à son chocolat...

C'est pour ça qu'aujourd'hui, tout de suite après l'école, Isabelle a couru jusqu'au stationnement. Elle s'est mise à quatre pattes et s'est faufilée jusqu'à la voiture de Mlle Angrignon. Elle avait l'intention de dégonfler un des pneus pour l'empêcher de venir à la fête. Mais la Brunet était déjà là, en train de dégonfler un pneu, elle aussi.

Et pourquoi? Hein? POURQUOI??? Tu sais pourquoi? **Tu veux vraiment savoir pourquoi?** Isabelle lui a demandé pourquoi elle était là. Et tu sais ce qu'elle a dit? Que tante Carole était son amie. Pour une raison mystérieuse qui fait tout le mystère de l'amitié, il se trouve que ces deux-là s'entendent à merveille. Comme LE COUP DE FOUDRE ENTRE AMIES. La Brunet faisait ça pour son amie. Elle et Isabelle étaient devenues tout à coup... des êtres humains normaux. Deux personnes bien ordinaires, toutes contentes de commettre un crime ensemble par gentillesse. La Brunet a conduit Isabelle chez moi.

SAUTE SAUTE SAUTE SAUTE SAUTE SAUTE SAUTE

UNE AUTRE SITUATION **BEAUGOÛTANTE**

On est sorties de la salle de bains juste au moment où Angéline arrivait. Angéline, DANS MA MAISON?! Et – probablement pour la première fois de sa vie – les mains **sales**. Mais qu'est-ce qu'elle faisait là? Et pourquoi est-ce qu'*elle* avait les mains aussi sales?

Heureusement que le directeur adjoint était là pour faire la lumière sur tout ça.

« Où étais-tu, Angéline? Pourquoi as-tu les mains aussi sales? »

« Je me suis arrêtée pour aider Mlle Angrignon à changer un pneu », a répondu Angéline. BIEN SÛR!!! On peut toujours compter sur Angéline pour aider l'ennemi.

« Alors, euh... où est Mlle Angrignon? » a demandé tante Carole, avec l'air de souhaiter qu'il y ait quelque part dans l'histoire un tigre échappé du zoo.

« J'ai bien peur de ne pas avoir été très utile, a dit Angéline. J'ai perdu les écrous, alors on n'a pas pu fixer la roue de secours. Mlle Angrignon s'excuse. Elle dit qu'elle va probablement manquer la fête. »

« Va te laver les mains, Angéline, a dit M. Devos. J'ai une petite annonce à faire. »

Tu ne trouves pas que même la saleté est plutôt mignonne sur elle?

Isabelle a regardé Angéline déambuler dans ma propre maison, qui était maintenant pleine de vrais profs. Quand elle est revenue, on a su de quelle petite annonce il s'agissait.

Le directeur adjoint a pris tante Carole par la taille et a déclaré :

« Je vous présente à tous la future Mme Devos. Carole et moi, nous sommes fiancés. »

Alors Angéline est allée embrasser le directeur adjoint en disant :

« Félicitations, oncle Dan! »

ONCLE DAN???

Angéline est sa NIÈCE? Je comprends, maintenant. Angéline était au courant de tout. Elle savait que j'étais la nièce de tante Carole. Mais... **Est-ce que ça veut dire qu'on est parentes?** À tout le moins, on est des co-nièces. Ma mère dit qu'il n'y a rien comme les membres de la famille pour vous faire grimper aux rideaux. Et Isabelle aussi. Alors, Angéline et moi, on est maintenant... cousines? Petites-cousines? Quelque chose de ce genre. En tout cas, Angéline va être la nièce de ma tante, comme moi. Angéline savait déjà tout ça et en tirait une espèce de plaisir malsain. Je le savais...

Ma mère s'est mise à pleurer. La Brunet a essayé son **riromicide** sur Isabelle, mais cette fois-ci, ça semblait... *acceptable*, pour une raison que je ne comprends pas. Je veux dire... c'était moins bizarre que je ne l'aurais cru, de voir la Brunet contente.

Les profs ont applaudi, ont ri et ont levé leurs verres. Angéline est venue me rejoindre. Je pense qu'elle voulait peut-être tout simplement avoir l'air propre, mignonne et brillante par comparaison. À partir de maintenant, je ne serai plus jamais la plus propre, la plus mignonne et la plus brillante de la famille. Tout ce que je peux espérer, au mieux, c'est de ne pas être la PLUS SALE, ni la PLUS STUPIDE.

On aurait dit que personne sur Terre ne pouvait comprendre quelle tragédie c'était pour moi, d'être parente avec Angéline.

Sauf peut-être Sac-à-puces, qui a choisi exactement ce moment-là pour résumer mes sentiments en entrant dans le salon et en lâchant les gaz qu'il emmagasinait depuis trois semaines.

On a tous dû se précipiter dehors et se contenter de regarder par la fenêtre pendant que Sac-à-puces dévorait les hors-d'œuvre incroyablement délicieux qui restaient dans nos assiettes. Il avait planifié ça depuis longtemps. J'en suis sûre. Personne ne voulait rentrer dans la maison. Personne n'aurait pu, de toute manière. Bien joué, Sac-à-puces, espèce de beagle-mouffette odoriférant!

Je pensais que ma mère allait devenir enragée. Elle préparait cette fête depuis une éternité, et maintenant, son dur labeur des dernières semaines était en train de disparaître dans le gosier d'un beagle. Mais c'est alors que quelqu'un s'est mis à rire, de ce genre de rire tonitruant et incontrôlable qui fait rire tout le monde aux alentours.

C'était M. VanDoy. Quelque chose, dans le fait que mon chien avait pété pour vider la maison, l'avait finalement déridé. Un pet de chien… Ouais… C'est ça qui a fait sourire VanDoy. Et même rire. Et qui a fait rire tout le monde — y compris ma mère, ce qui était tout à fait renversant quand on pense à tout le temps qu'elle avait consacré à ses fameux hors-d'œuvre.

Je suis allée féliciter tante Carole. Le cœur n'y était pas, mais elle était tellement heureuse que je n'ai pas vraiment pu me résoudre à dire quelque chose de méchant au sujet d'Angéline.

Mais comme j'ai beaucoup de volonté, je l'ai fait quand même.

« Tu sais, Angéline a essayé d'aider Mlle Angrignon à venir à ta fête aujourd'hui. Ce n'est pas très gentil de sa part, hein? D'essayer de gâcher ton moment de bonheur? »

Tante Carole s'est contentée de rire.

Elle m'a dit : « Jasmine, l'autre jour, j'étais chez Dan, et Angéline a changé l'huile dans ma voiture. Cette fille-là sait très bien se servir d'une clé. Si elle a perdu les écrous, c'est qu'elle l'a fait exprès. »

  Écrous

C'est alors que j'ai tout compris. Isabelle et notre surveillante Mlle Brunet avaient ralenti Mlle Angrignon, mais Angéline avait dû la voir en train de changer son pneu, et elle s'était dit que notre prof allait finir par arriver ici et gâcher la fête de tante Carole. Alors, Angéline a fait semblant de l'aider, mais elle a fait exprès de perdre les écrous. Tout ça parce qu'elle savait que M. Devos, le directeur adjoint, et tante Carole étaient faits l'un pour l'autre. L'autre jour, elle n'était pas fâchée parce que Mlle Angrignon avait choisi ma carte de Saint-Valentin, mais parce qu'elle avait essayé de voler son oncle à ma tante.

Je reste quand même convaincue qu'elle a fait tout ça uniquement pour m'enlaidir. À partir de ce jour, je vais m'assurer que mon détestable petit cousin sera à toutes les réunions de famille pour pouvoir le transporter partout comme un accessoire de mode. Ça va sûrement aider un peu.

En plus,
ses différentes
teintes de saleté
vont avec tout!

Mlle Angrignon a fini par venir faire un tour. Elle est arrivée avec le conducteur de la remorqueuse qui l'avait aidée à réparer sa crevaison. Elle a ri et bavardé comme si de rien n'était avec tante Carole et M. Devos. Comme le conducteur de la remorqueuse était un gars super sexy, Isabelle dit que Mlle Angrignon ne nous en gardera sûrement pas rancune. Elle sait de quoi elle parle : c'est une spécialiste de la rancune.

Je me suis assise sur le balcon et j'ai regardé tous les invités qui s'amusaient bien sur la pelouse. Je me suis rappelé le jour où Isabelle et moi, on avait essayé de déterminer si les adultes pouvaient devenir humains, et où on avait fini par déduire que c'était impossible.

Mais je viens de comprendre que les humains ne peuvent pas non plus devenir complètement adultes.

Voici comment je vois les choses. On se met tous en colère de temps en temps, on s'occupe tous de nos amis et on a tous un côté égoïste. Mais les animaux aussi. La différence, c'est que nous, les humains, on peut rire de certaines choses — et qu'on rit comme des fous. C'est M. VanDoy qui m'a amenée à me poser la question : est-ce que les adultes peuvent devenir humains? Et c'est lui qui m'a aidée à y répondre. Ici, ce soir, chez moi, il n'y avait pas d'adultes. Seulement des humains.

Alors, c'est quoi exactement, un adulte? Et d'où ça vient? Je n'en ai aucune idée, mais je suis à peu près sûre que je ne veux pas en arriver là.

Qui aurait cru qu'un pet de beagle m'ouvrirait les yeux... et les ferait piquer en même temps?

Merci de m'avoir écoutée, cher nul.

Jasmine Kelly

Au sujet de Jim Benton

Jim Benton n'est pas une élève de secondaire I, mais il ne faut pas lui en vouloir. Après tout, il réussit à gagner sa vie grâce à ses histoires drôles.

Il a créé de nombreuses séries sous licence, certaines pour les jeunes enfants, d'autres pour les enfants plus vieux, et d'autres encore pour les adultes qui, bien franchement, se comportent probablement comme des enfants.

Jim Benton a aussi créé une série télévisée pour enfants, dessiné des vêtements et écrit des livres.

Il vit au Michigan avec sa femme et ses enfants merveilleux. Il n'a pas de chien, et surtout pas de beagle rancunier. C'est sa première collection pour Scholastic.

Jasmine Kelly ne se doute absolument pas que Jim Benton, toi ou quelqu'un d'autre lisez son journal.